KB177809

함민복 시집

# 모든 경계에는 꽃이 핀다

이 시집은 대산재단의 창작지원금을 받아 간행되었습니다.

# 차 례

## 제 1 부 선천성 그리움

## 제 2 부　달의 소리

제 1 부

선천성 그리움

## 선천성 그리움

사람 그리워 당신을 품에 안았더니

당신의 심장은 나의 오른쪽 가슴에서 뛰고

끝내 심장을 포갤 수 없는

우리 선천성 그리움이여

하늘과 땅 사이를

날아오르는 새떼여

내리치는 번개여

# 七　夕

달빛
내
리
고
장독대
정
안
수
한 사발
어
머
니
아,  저것이  美信이다

# 冬　至

한석봉 어머니 깜박 책을 쓰는 사이

한석봉이 꾸뻑 떡을 읽는 사이

# 세월 1

나는 어머니 속에 두레박을 빠뜨렸다
눈알에 달우물을 파며
갈고리를 어머니 깊숙이 넣어 휘저었다

어머니 달무리만 보면 끌어내려 목을 매고 싶어요
그러면 고향이 보일까요

갈고리를 매단 탯줄이 내 손에서 자꾸 미끄러지고
어머니가 늙어가고 있다

# 환  향

달무리를 끌어내려 목을 맸다
둥글고 부드러운 밧줄

태양을 훔친 범인처럼 고개를 떨구고
둥글게 익어가는 과일들

갈림길에서 길을 물었다
지나온 길이 길을 열어주었다

자전거를 끌고 가는 사내
자전거에 끌려가는 사내

밤송이가 화두처럼 툭, 떨어졌다
자궁에 목을 매달다니

# 母

까치가 곁가지에 집을 짓지 않듯
어머니 마음 中心에 내가 있네

땅에 떨어진 삭정이 다시 끌어올려
상처로 가슴을 짓는

저 깊은 나무의 마음
저 깊은 風葬의 뜻

새끼들 울음소리 더 잘 들으려
얼기설기 지은 에미 가슴

환한 살구꽃 속 까치집 하나
서러운 봄날

# 子

설달 눈바람에 깨인 새벽

백발 어머니 머리맡

찬물 바가지 속 틀니

팔만대장경 예 있구나

# 가을 하늘

어머니 가슴에 못을 박을 수 없다네

어머니 가슴에서 못을 뽑을 수도 없다네

지지리 못나게 살아온 세월로도

어머니 가슴에 못을 박을 수도 없다네

어머니 가슴 저리 깊고 푸르러

# 눈물은 왜 짠가

지난 여름이었습니다 가세가 기울어 갈 곳이 없어진 어머니를 고향 이모님 댁에 모셔다 드릴 때의 일입니다 어머니는 차시간도 있고 하니까 요기를 하고 가자시며 고깃국을 먹으러 가자고 하셨습니다 어머니는 한평생 중이염을 앓아 고기만 드시면 귀에서 고름이 나오곤 했습니다 그런 어머니가 나를 위해 고깃국을 먹으러 가자고 하시는 마음을 읽자 어머니 이마의 주름살이 더 깊게 보였습니다 설렁탕집에 들어가 물수건으로 이마에 흐르는 땀을 닦았습니다

"더울 때일수록 고기를 먹어야 더위를 안 먹는다 고기를 먹어야 하는데…… 고깃국물이라도 되게 먹어둬라"

설렁탕에 다대기를 풀어 한 댓 숟가락 국물을 떠먹었을 때였습니다 어머니가 주인 아저씨를 불렀습니다 주인 아저씨는 뭐 잘못된 게 있나 싶었던지 고개를 앞으로 빼고 의아해하며 다가왔습니다 어머니는 설렁탕에 소금을 너무 많이 풀어 짜서 그런다며 국물을 더 달라고 했습니다 주인 아저씨는 흔쾌히 국물을 더 갖다 주었습니다 어머니는 주인 아저씨가 안 보고 있다 싶어지자 내 투가리에 국물을 부어주셨습니다 나는 당황하여 주인 아저씨를 흘금거리며 국물을 더 받았습니다 주인 아저씨는 넌지시 우리 모자의

행동을 보고 애써 시선을 외면해주는 게 역력했습니다 나는 그만 국물을 따르시라고 내 투가리로 어머니 투가리를 툭, 부딪쳤습니다 순간 투가리가 부딪치며 내는 소리가 왜 그렇게 서럽게 들리던지 나는 울컥 치받치는 감정을 억제하려고 설렁탕에 만 밥과 깍두기를 마구 썩어댔습니다 그러자 주인 아저씨는 우리 모자가 미안한 마음 안 느끼게 조심, 다가와 성냥갑 만한 깍두기 한 접시를 놓고 돌아서는 거였습니다 일순, 나는 참고 있던 눈물을 찔끔 흘리고 말았습니다 나는 얼른 이마에 흐른 땀을 훔쳐내려 눈물을 땀인 양 만들어놓고 나서, 아주 천천히 물수건으로 눈동자에서 난 땀을 씻어냈습니다 그러면서 속으로 중얼거렸습니다

눈물은 왜 짠가

# 어머니 1

묵시록

의자에 앉는다
쪼그려 앉으신다
머리카락이 검다
머리카락이 희끗희끗하시다
가위를 고른다
칫솔을 손질하신다
머리카락을 자른다
머리카락을 염색하신다
잘려나가며 통증을 주지 않는 머리카락을 욕한다
염색되며 아픔 주지 않는 머리카락에 아픔을 느끼시는 것
같다
머리카락 되어 살아온 날들을 반성한다
머리카락 되어 침묵하신다
밥상을 대한다
밥상을 대하신다
밥을 먹는다
밥을 드신다
밥 속에서 검은 머리카락을 하나 골라낸다
넌지시 바라보신다

앗, 염색

(네 흰밥 속에 내 흰 머리카락 들어가면 네 목구멍 멜까
봐)

# 어머니 2
읍천항에서

눈물로 가슴 맑게 닦은 아침
겨울비에 몸 씻은 보리밭 이랑
푸른 바람에 댓잎처럼 마음 뒤집어
푸른 생명 칠하며 바다에 나갔지요
아침 햇살 눈물처럼 맑고
맑은 것은 서럽다고 파도 노니는
바다는 속으로 푸르른 산

긴 세월 지나 바다에 몸푼 당신이 흘린 눈물
미역으로 자주 흔들리는 나를 보듬고
작아서 우리 삶 같은 애잔한 통통배 소리
물비늘 건반 타고 내가 한줌 뼛가루로 흩어질 때
아, 어머니 우주의 헌법이 있다면 사랑이라고
철새들 푸드득 다시 만날 기약으로 날아올라요

# 서울역 그 식당

그리움이 나를 끌고 식당으로 들어갑니다
그대가 일하는 전부를 보려고 구석에 앉았을 때
어디론가 떠나가는 기적소리 들려오고
내가 들어온 것도 모르는 채 푸른 호수 끌어
정수기에 물 담는 데 열중인 그대
그대 그림자가 지나간 땅마저 사랑한다고
술 취한 고백을 하던 그날 밤처럼
그냥 웃으면서 밥을 놓고 분주히 뒤돌아서는 그대
아침, 뒤주에서 쌀 한 바가지 퍼 나오시던
어머니처럼 아름답다는 생각을 하며
나는 마치 밥 먹으러 온 사람처럼 밥을 먹습니다
나는 마치 밥 먹으러 온 사람처럼 밥을 먹고 나옵니다

## 공터의 마음

내 살고 있는 곳에 공터가 있어
비가 오고, 토마토가 왔다 가고
서리가 오고, 고등어가 왔다 가고
눈이 오고, 번개탄이 왔다 가고
꽃소식이 오고, 물미역이 왔다 가고

당신이 살고 있는 내 마음에도 공터가 있어

당신 눈동자가 되어 바라보던 서해바다가 출렁이고
당신에게 이름 일러주던 명아주, 개여뀌, 가막사리, 들
풀이 푸르고
수목원, 도봉산이 간간이 마음에 단풍들어
아직은 만선된 당신 그리움에 그래도 살 만하니

세월아 지금 이 공터의 마음 헐지 말아다오

# 가　을

당신 생각을 켜놓은 채 잠이 들었습니다

# 내가 잃어버린 안경은 지금 무엇을 보고 있을까

불현듯 추억이 나를 찾아와
기억의 길을 걸으면
고향과
어머니와
한 여자가
눈물로 만든 안경이 되네

아직 기억 속에 살고 있는
고향집 대추나무야
작고 비린 네 녹색 꽃이 보고 싶구나
나를 버리고 시집간 그 여자처럼
그 여자의 눈동자가 되어 바라다보던 서해처럼

뭉클 엉덩이의 감촉을 이고 있는 너바위야
학털구름도 두둥실 떠가며
계곡 흐르던 옛일 더듬는지
헤어져 살고 있는 어머니는
지금 무슨 밭을 매고 있는지
못난 자식 생각에 시름겨워

일순 호밋날에 감자가 찍혔는지

아카시아꽃 향기에 피를 적시고
어머니 눈물 한방울에
내가 젖고
온 세상이 젖던 어느 날

시집가버린 여자야
그 바닷가에
혼자 나가 당신과 함께 걸어보다
엉망으로 취해
고향 같던 어머니 같던 당신 같던 풀섶에
아!
내가 잃어버린 안경은
지금 무엇을 보고 있는지
내 탯줄은 썩어 무슨 풀꽃을 피웠는지

# 흐린 날의 연서

까마귀산에 그녀가 산다
비는 내리고 까마귀산자락에서 서성거렸다
백번 그녀를 만나고 한번도 그녀를 만나지 못하였다
예술의 전당에 개나리꽃이 활짝 피었다고
먼저 전화 걸던 사람이
그래도 당신
검은 빗방울이 머리통을 두드리고
내부로만 점층법처럼 커지는 소리
당신이 가지고 다니던 가죽가방 그 가죽의 주인
어느 동물과의 인연 같은 인연이라면
내 당신을 잊겠다는 말을 전하려고
전화를 걸어도 받지 않고 독해지는 마음만
까마귀산자락 여인숙으로 들어가
빗소리보다 더 가늘고 슬프게 울었다
모기가 내 눈동자의 피를 빨게 될지라도
내 결코 당신을 잊지 않으리라
그래도 당신

# 짝 사 랑

반딧불은 얼마나 별을 사모하였기에

저리 별빛에 사무쳐

저리 별빛이 되어

스-윽, 스-윽,

어둠 속을 나는가

# 산

당신 품에 안겼다가 떠나갑니다
진달래꽃 술렁술렁 배웅합니다
앞서 흐르는 물소리로 길을 열며
사람들 마을로 돌아갑니다
살아가면서
늙어가면서
삶에 지치면 먼발치로 당신을 바라다보고
그래도 그리우면 당신 찾아가 품에 안겨보지요
그렇게 살다가 영, 당신을 볼 수 없게 되는 날
당신 품에 안겨 당신이 될 수 있겠지요

# 아버지의 묘비명

자식새끼들 싸리윷처럼 널브러져

잠꼬대 같은 바지를 입고 횟배 앓는 새벽

오줌장군 지고 헛기침 소리로 삽짝문 열어

호박구덩이 있는 밭두렁으로 향하던 농부의 묘

# 송홧가루 날리는, 아버지
## 사진 한 장

선녀가 하늘나라로 데리고 올라간 자식들
나무꾼 아버지 그리워
햇살 편지
저리 붉게 꽃피는 봄

　내게도 기적처럼 행복했던 시절이 있었네 초등학교 다니
는 누이 둘과 어린 내가 깔깔대며 산길을 오르고 있네 대
나무 바지랑대 어깨에 걸쳐 맨 아버지와 함지박 머리에 인
어머니가 뒤따라오시며 길이 갈라질 때마다 손사래와 고갯
짓으로 길을 이끌어주시네 아랫녘 들판에서 피어오르는 아
지랑이 속으로 동네 초가집들이 아른아른 멀어지네 산등성
이를 다 오르자 불꽃처럼 푸른 강물처럼 푸른 소나무밭이
펼쳐지네 어머니는 함지박을 내려놓고 양은 이남박을 꺼내
누이들에게 주네 누이들은 햇살 퉁기는 이남박을 머리 높
이께까지 들고 작은 소나무 가지를 톡톡 터네 노란 송홧가
루가 폴폴 나네 아버지 어머니는 더 커다란 소나무 가지
휘어놓고 힘을 합해 송홧가루를 터시네 나는 아직 덜 성숙
해 꽃이 피지 않은 송화 꽃송이를 따먹네 살이 통통 오른,
대추씨만한 송화에서 나는 소나무 향내, 달착지근한 즙에,

잠시 눈을 감고. 아버지가 송홧가루 털러 가기로 점지한 날은 부지런한 봄바람도 낮잠을 자 송홧가루 날리지 않는다고 어머니는 고마워 신바람 나시네 우뚝. 커다란 소나무에 송화가 만발하여, 태양이 꽃들을 호명하듯 아버지가 가족을 불러 모으시네 어머니와 누이들이 준비해 간 이불 홑청으로 소나무를 에워싸고 아버지는 바지랑대로 소나무 가지를 터억-터억-, 치시네 이불 홑청에 내리는, 노란 안개, 송홧가루, 송홧가루. 송홧가루 쏟아지는 재미에 몰두하다보면 아버지 어머니 머리에도 누이들 단발머리에도 내 상고머리에도 온통 노란 물감이 드네 그 모습이 우스워 서로를 보고 웃는 웃음소리가 소나무밭을 송홧가루처럼 환하게 들어올리네

# 산속에서 버터플라이 수영하는
아버지

아버지 무덤가에 향나무 한 그루 있네
아버지가 죽기 전에 꺾꽂이해놓은 향나무
봄 햇살에 심어놓고 고향을 떠났네
이젠 나보다 키가 훨씬 큰 향나무
자주 고향에 들르지 않는 나보다 효자네

향나무 기르기는 아버지의 주특기
경로당에도 초등학교에도 면사무소에도
우리 밭둑에서 캐어간 향나무가 자라고 있었네
그러나 지금 그 향나무들 없네
그냥 그 나무들 자라던 자리만
내 마음속에 단정히 서 있을 뿐

산속에서 머리를 땅에 박고 양팔 벌려
버터플라이 수영 포즈를 취한 아버지 산소에서
향나무 열매를 하나 따 보았네
향나무 열매에서 향나무 향기가 나네
향나무 열매 속에 향나무의 來世가,
향나무에 대한 기억이 가득 차 있네

산에서 흙 속을 수영하며
아버지 어디로 나아가는 걸까 배영으로
누워서도 힘찬 버터플라이 자세를 보여주시며
너도 消滅로 수영해 나아가려면
아버지가 되어보라고
향나무 열매 많이 매달아놓으셨네
아버지 죽어서도 나를 키우시네

# 가을 꽃 가을 나비

너무도 오래 당신을 찾아 날고 날았지요

견디고 견디다 나도 모르는 사이 꽃이 되고 말았네요

모든 게 깊어진 가을, 하오나

하직하면 저승의 봄잔치 푸르겠지요

# 晚　　餐


혼자 사는 게 안쓰럽다고

반찬이 강을 건너왔네
당신 마음이 그릇이 되어
햇살처럼 강을 건너왔네

김치보다 먼저 익은
당신 마음
한 상

마음이 마음을 먹는 저녁

# 폭포의 사랑

물이 별소리 다하며 흐릅니다
무릎 베고 누워 폭포수에 귀를 연 그대
눈동자에, 사랑에, 빠진, 눈부처, 나는

폭포는 분수, 더는 못 견디게 그리워
푸른 하늘로 솟아올랐던, 물방울,
산에, 내려, 모여, 저리 쏟아지는

내 마음, 언제 당신 마음 이리 많이 뿜어올렸던가
뿜어올렸던 당신 마음, 내 마음 되어
당신에게 쏟아지는 마음의 폭포,

사랑, 다시 쏟아지고 싶어
쏟아지다
되돌아 피어나는 물보라

내 눈동자 속의 당신, 당신 눈동자 속의 나
눈길 폭포에, 아카시아,
가시나무도 부드럽고 환한 그림자를 드리운

## 섣달 그믐

어머니를 다려 먹었습니다

맛이 없었습니다

제 2 부

달의 소리

# 까 치 집

여름 나무 푸른 가지에 까치가 살지 않는 까치집이 있다

마치

나무가 죽음에 대한 생각을 하고 있는 것처럼 맺혀 있다

# 백 목 련

어쩌자고 백목련은 항복의 白旗로

한 해를 시작하는가

한 생을 해탈한 자의 눈부신 파멸이여

# 득    도

허옇게 눈 나려

가지런히 책 펼쳐진

기와지붕

위

야~ 옹

고양이 한 마리

단숨에

五車書 갈파하는

겨울

달밤

44

# 염     소

흰 눈 위
뿔 달린
검은 가마니

앵두나무 껍질
궁핍
다 벗겨 먹어

봄
붉은 동그라미
꽃등

못 밝혀 든 땅 위
조문객
까만 염소똥

# 石　月

몸 뒤척이는 바닷가 검은 돌
돌 속에 달
초승 반월 보름
살점 깎으며
달을 닮으려
스르륵
스르륵
經을 외며
달이 이끌어주는 그리움
밀물 썰물에
가슴 다 헐어내고
모래가 되어도
휘이―휘영청, 빛날

# 童 子 僧

깔고 앉은 연꽃에
미안하단 말 대신
살가운 미소 이천오백년

얼굴엔 누런 범벅
달빛만 잡수네

부처님
이빨 없죠
하하하 웃어보세요

# 달의 소리

달의 소리 들으러
서해바다에 가면

말렸다 풀리는
달이 짠 비단 자락

밀물 소리 썰물 소리
갯벌 위에 가득

수만년 여인의 자궁에
아이의 심장을 직조한

# 몸이 많이 아픈 밤

하늘에 신세 많이 지고 살았습니다

푸른 바다는 상한 눈동자 쾌히 담가주었습니다

산이 늘 정신을 기대어주었습니다

태양은 낙타가 되어 몸을 옮겨주었습니다

흙은 갖은 음식을 차려주었습니다

바람은 귓속 산에 나무를 심어주었습니다

달은 늘 가슴에 어미 피를 순환시켜주었습니다

# 東雲庵 1

바위 그릇에 물 받아 놓고
스님 옷을 공양주 보살이 빤다

마음에 묻은 때야
염불과 經으로 씻지만
옷에 묻은 때는
물〔水〕보살의 힘을 비는 수밖에 없나보다

목탁 소리
빨랫방망이 소리

저렇게 때려대서야
겁나,
도망가지 않을 때가 어디 있겠나

뒷산 푸른 나무, 붉은 흙탕물 나도록 몸 씻는
장마철
낙뢰 소리 서늘하다

# 東雲庵* 2

비 긋고
달 뜨자

할머니, 처녀, 애송이 계집
민망하게 불룩한 배마다

환한 달産婆의 눈길

임산부만 모여 섰는
장독대

    * 고창군 선운사에 있는 비구니 암자 이름.

제 3 부

거대한 입

# 한강 1

동호대교에서 청계천 하구로 걸어간다
부드러운 파도 푸른 보리밭 생각하며
물비린내 잊은 강이 흐르고
기름에 뜬 개미 같은 철새 몇 마리뿐
미끈매끈 세월의 자식 강돌맹이 하나 없어
뒹구는 플라스틱 바구니와 비닐 봉지
정월 보름 방생된 북어 대가리
각진 콘크리트벽에 목뼈만 부러진 음치 바람
물살 결도 잃어 출렁이지 않는 이 강에
달은 더 이상 어부를 방생하지 않고

# 낚시터에서 생긴 일

댐에 도착한 변경철씨는 작은 목선을 하나 빌렸다
달빛 출렁이는 수면을 가르며 노를 젓는 변경철씨
곁에는 등산복 차림의 누이가 낚시 가방을 껴안고 있고
어머니는 혼들리는 달 그림자를 물끄러미 들여다보고 있다
배를 멈추어라 여기쯤 될 것 같다 어머니가
닻을 내리자 배는 스르르 멈추었다 누이가 삼키고 있던
울음이 수면에 잔잔하게 깔리고 어머니가 누이를 보듬었다
변경철씨는 낚시 가방에서 각진 상자를 하나 꺼냈다
그리고 흰 장갑을 끼며 누이에게도 장갑을 끼워주었다
잠시 후 달빛을 받으며 변경철씨 매형의 뼛가루는
싱싱한 물비린내 가득한 강물 위에 흩어졌다

관리인에게 들키면 큰일난다고, 서울 낚시꾼이 떨어진다
고,
하지만 수몰민인 매형의 유언에 따라, 고향 마을 깊은
하늘 위에,

# 살구골 저수지의 봄

살구골 저수지에 살구꽃 피지 않는다
물 흐려져 초등학생들 봄소풍 나오지 않고
낚시꾼들 휘두르는 카본대 끝에서 야광찌만 반딧불로 날아

살구골 사람들

살구골 저수지가 더 빨리 오염되길 바란다
살구골 저수지 오염되어 농업용수로 쓸 수 없어야
절대농지 풀리고 땅 팔려
도회지로 떠날 수 있을 텐데, 하는 마음만 붉다

# 농촌 노총각

달빛 찬 들국화길

가슴 물컹한 처녀 등에 업고

한 백리 걸어보고 싶구랴

# 유덕아범

그는 씨갑시장수였다

장날마다 씨갑시 옹기종기 거닐고
쭈그려 앉아

들판의
여름을 봄에 팔고
가을을 여름에 팔던
씨갑시장수 유덕아범
장터 후미진 곳에 앉아서도
한 고을 들판을 훤히 외고
자신이 판 씨앗 튼실한 곡식 되어
장에 나는 것 보고 환히 웃던

그가 떠나갔다
시내버스 생기고 장날이 썰렁해지자
몰골이 꾀죄죄하던 유덕아범

# 우        표

판셈하고 고향 떠나던 날
마음 무거워 버스는 빨리 오지 않고
집으로 향하는 길만 자꾸 눈에서 흘러내려
두부처럼 마음 눌리고 있을 때
다가온 우편배달부 아저씨
또 무슨 빚 때문일까 턱, 숨막힌 날
다방으로 데려가 차 한 잔 시켜주고

우리가 하는 일에도 기쁘고 슬픈 일이 있다며
공업고등학교를 졸업하고 어린 나이에 또박또박
붙여오던 전신환 자네 부모만큼 고마웠다고
어딜 가든 무엇을 하든 열심히 살라고
손목 잡아주던
자전거처럼 깡마른 우편배달부 아저씨
낮달이 되어 쓸쓸하게 고향 떠나던 마음에
따뜻한 우표 한 장 붙여주던

# 씨네마 천국


큰집에 산 적이 있지요
장날이면 바깥 마당에 약장수 오고
가을이면 옹기장수 찾아와 집안 가득 옹기 쌓이고
인삼장수, 명태장수, 재봉틀 수리공, 도박꾼들,
우리집에 철새처럼 찾아 들었지요.
우리집은 크고 넓어
가설극장 패들 와 대문 닫고 쪽문 열면
안마당이 극장이 되었지요
영화 볼 돈 없는 애들 오동나무 타고
행랑채 넘어오고
그러다가 들키면 심통난 아이들
두꺼비집을 내리기도 했지요
나는 제일 좋은 자리 마당에 있는
우물에 기대 앉아
신영균의 칼쌈 솜씨를 보았지요
지금 그 집터엔 붉은 벽돌 복지회관이 들어서
청년회 사무실도 있고 노인정도 있고
마을문고도 간판을 펼쳐놓았지요
나는 오랜만에 고향에 들러

매일 보며 살아 보이지 않던 고향 산봉우리들
그윽이 바라다보았지요
없어진 우리집 담장을 보듯 지붕을 보듯

# 거대한 입

한겨울 푸른 쑥갓 보고
피라미드처럼 잘 굄질된 귤이
깜짝 놀라
와르르 무너질 것 같아
겨울 시장은 불안하다

자신의 유전인자를 의심하며
노란 귤에 대한 기억이 없다고
푸른 쑥갓이 어질어질
싱싱하다
잘못 태어난 것 같군
순리를 파괴한 것만큼이
나의 생이구나
나의 가치구나

언젠가 욕망의 비닐하우스 자궁이
거대한 입이 되어
시장 전체를, 시장을 먹고 사는 사람들을
와삭, 한입에 먹어치울 날이 올 테지

# 쓸쓸한 거울

거울 속에서 일생을 사는
이발사의 바쁜 손놀림

거울을 벗고
세월을 닦아내는 사람들

구석에 쭈그려 앉아
깊은 눈 가득 괸 겁을 퍼 샤워하는 파키스탄 사내

중동 갔다 온 사촌형은 잃은 계절만큼 빨리 늙고
계절을 얻은 저 사내 또한 쉽게 늙어가리라

거울아
국제적인 쓸쓸함을 내 앞에 던지는

# 먹보분식

출근의 아침 먹보분식이 나를 괴롭힌다
신사역에서부터 두리번두리번
플라스틱 마릴린 먼로 입상이 조개처럼
들쳐지는 치마를 두 손으로 누르며 웃고 있는
그랑프리극장에서 직장까지는 십분 거리
그녀의 발뒤꿈치가 들려 있는 왼발 쪽으로
걸어가며 나는 두리번거린다
먹보분식은 어디에 있는가
전화를 걸면 순두부, 콩국수를 배달해주는
먹보분식을 찾고 싶어 매일 골목길을 바꿔가며
두리번거려도 먹보분식은 보이지 않는다
목련꽃이 피고 개울음소리가 옥상에서 떨어지고
가을맞이 세일이 시작되었건만
먹보분식은 자태를 보이지 않고
그렇다면 천상에서 내려온 식사인가
천상에서 내려오지 않은 식사가 어디 있겠냐만
태양을 보면, 먹보분식이
어디 있는지 몰라도 될 것 같다마는
혹, 먹보분식은 밥을 먹는 사무실에

존재하는 것은 아닐까
허탕의 마음으로 사무실에 들어서서
자동전화기 재생 버튼을 눌렀을 때
욕망을 주문해온 사내가 사무실을
먹보분식으로 만들어놓는다

나는 네가 정말 좋아 네 목소리만 들어도 흥분돼
네 목소리는 정말 섹시해 나는 지금 옷을 벗고 있어
내가 네 ×× ××줄게 너도 내 ×× ××줘……!

부재중을 알리던 여직원 목소리를 지우고
남자 목소리로 녹음을 하면서
먹보분식에 중독된 변태 사내를 혐오하면서
나는 병이 더 깊어지기 전에 빨리
먹보분식을 찾아야겠다고 생각한다
먹보분식은 이 세상 어디에 있는가
부처처럼 내 마음속에 있는가
레미콘처럼 비대해진 위장 속에 있는가
먹보분식은

# 하늘을 나는 아라비아 숫자

계좌번호 012-24-0460-782

비밀번호 3322

호출번호 96

대기인원 12

자본주의의 심장 은행을 나와

한일병원을 향한다

3호선을 타고 가다 <423> 충무로역에서

4호선으로 갈아타고 <413> 쌍문동에 하차한다

한일병원 접수번호 300

대기인원 112

차트번호 88871

간이계산서 공급처 210-82-03667

약지급번호 349

티브이 채널 4 유선방송을 보다

전화번호 299-0446에 전화 걸다

약을 지급 받고

택시 서울 1바 4320을 타고

지하철로 돌아온다

삐 삐 삐 ······

하늘을 날아온 아라비아 숫자가
청바지 입은 여자의 허리춤에서 울고
핸드폰으로 날려보내는 아라비아 숫자들
공중에서 부글거리는 숫자들
대통령도 기호로 뽑는 시대
법조항이 세상을 다스리고
숫자로 숫자가 세상을 통치한다
숫자에 주눅이 들어 담배를 물면
88 EIGHTY EIGHT 바코드 88003559
숫자 하나만 틀렸어도 일과가 어긋났을
국제질병번호 300인 사내는
숫자들 간의 인연으로 하루를 살아냈다
숫자에서 해방되기 위해 잠자리에 든
사내의 밤을 지키는 붉은 불빛
전기장판번호
3.

# 자본주의의 주련

### 텍스트 시편

　기둥마다 시구를 연하여 건다는 뜻에서 주련이라 부른다. 살림집의 안채에는 생기복덕, 인격함양, 덕담 등의 내용을 안마당을 향해 걸었다. 사랑채 기둥에는 오언이나 칠언의 유명한 시나, 자작한 시를 써붙였다. 이들 주련은 바깥쪽에 달려 있어서 다락이나 법당 안의 사람들 눈에는 보이지 않는다. 이는 사람보다는 자연이 보고 읽어 달라는 고지(誥知)의 생각이다. 추사의 생가에는 '天下一等人忠孝, 世間兩 件事耕讀'이란 주련이 걸려 있다. [한국민속대백과사전에서 발췌]


　　　　티브이 사극 「한명회」, 그 집에 붙어 있는
　　　　國泰民安
　　　　어린 시절에 본
　　　　立春大吉
　　　　龍
　　　　虎
　　　　"採藥忽迷路, 千峰秋葉裏
　　　　山僧汲水歸, 林末茶烟起*"

세월이 흘러 너무 멀리 흘러
우리가 매일 만나는 주련

**바겐세일 30%**

**push**

---

\* "약초를 캐다가 문득 길을 잃었네, /천여 봉우리가 가을 낙엽
속에 있구나. /스님이 물을 길어 돌아가니, /수풀 끝에서는 차
달이는 연기가 일어나네." 율곡 시 「山中」, 허경진 역.

# 아남 내셔널 텔레비전

티브이 속에 티브이가 있다 티브이 속의 티브이에 카멜레온이 출현한다 티브이 속의 티브이에서 티브이 속의 티브이 바깥을 향해 카멜레온이 걸어나온다. 티브이 속의 티브이 바깥의 색조 변화에 따라 티브이 속의 티브이 속 카멜레온이 빠르게 변화된다(좌우 따로따로 움직이는 카멜레온의 눈동자, 좁쌀 모양의 돌기, 불규칙한 반점, 카멜레온은 순간순간 몸을 변화시키며 무엇인가를 향해 집요하게 걸어나온다) 그러다가 티브이 속의 티브이 속 카멜레온의 몸놀림에 긴장감이 감돈다 티브이 속 티브이 바깥에서 풀잎새에 늘어붙어 응애 또는 진딧물을 빨고 있는지 칠점박이무당벌레는 방심한다(칠점박이무당벌레는 지독한 현실주의자인지도 모른다) 아주 놀랍게 빠른 순간. 티브이 속의 티브이 속에서 카멜레온은 긴 혓바닥을 내뻗어 티브이 속의 티브이 바깥에 있는 반구형의 무당벌레를 물고 티브이 속의 티브이 속으로 들어간다(이때 무당벌레는 어이가 없다) 티브이 속의 티브이 바깥에 있다가 티브이 속의 티브이 속에서 나온 카멜레온의 혓바닥에 무당벌레가 봉변을 당할 때 티브이 바깥에서 티브이를 보고 있는 내 머리통도 카멜레온의 점액질 혓바닥에 끌려들어간다 그러자 모든 것

을 다 이루었다는 듯, 선명화질이란 멘트와 함께 카멜레온
의 목울대가 꿀떡인다

　　죽어서도 주위환경에 따라 색깔이 변한다는
　　카멜레온의 묵시록을 본다
　　정직할 수 있을 만큼 당당한 저 폭력성
　　티브이는 티브이 밖 시청자들의
　　욕망에 맞춰 색조를 바꾸며 다가와
　　우리 무당벌레 같은 영혼을 삽시간에
　　삼켜 먹으며 한 세계를 이루고
　　결국엔 확, 무서운 혓바다.

# 수음을 하는 사내

이때 대지 위를 흐르는 강물이 정액 같았다
태양에 강간당한 꽃들이 피어난다

사내의 손놀림이 빨라진다
감각이 오직 여자만을 향해 발동한다
미리 준비된 매체 속의 여인들이 사내의 욕망만큼 살아
난다
티브이 속의 여인 목소리를 잡지 속의 여인의 입을 통해
듣는다
사내는 보다 입체적인 여인을 원한다
기억의 창고에 입력되어 있는 가장 여성다운 여성을 끄
집어내
복합된 여인을 만든다
집적된 이미지로 창조된 여인
생각의 놀림이 빨라진다
이제 여인들을 버리기 시작한다
서양 여자를 버린다
알지 못하는 여자의 잘 빠진 육체를 버린다
아, 유명세의 여인을 택한다

유명세의 여인을 버린다
사내의 삶에 삽입되어 있는, 사내가 좀더 잘 알고 있는
구체적인 여인을 떠올린다
이미 사내의 손은 욕망의 심복
사내는 이제 한 여인과의 절정을 향하여
오, 여인의 몸집 속으로 성기를 삽입시킨다
사내의 손은 그녀의 성기 혹은 입이 된다
사내는 그녀의 몸 속에 입술과 성기를 삽입시킨다
사내는 온몸을 그녀의 몸 속에 집어넣는다
사내는 그녀가 되고 싶다
사내는 속으로 여인의 이름을 부른다
숙아! 숙아!
사내의 사고는 단일화된다
오직 한 여자와의 아, 아무것도 생각할 수가 없다
(사내는 약간 주의한다)
사내는 휴지를 준비한다
사내의 감각 놀림이 욕망지수와 일치한다
숙아! 숙아!
사내는 몸짓을 멈춘다

정액 렌즈를 낀 여인이 사내의 게슴츠레한 눈동자를
기억하려 쏘아본다
사내 머릿속에 만들어졌던 여인이 해체된다
사내의 온몸을 열고 한꺼번에 빠져나간다
사내는 휴지로 찔꺽 성기를 닦는다
전자파와 물감과 잔상과의 섹스를 끝낸다
사내의 모든 감각기관이 되살아난다
욕망의 고개가 뚝 부러진다


　　이때 대지 위를 흐르는 강물이 세월 같았다
　　태양이 지고 꽃이 시든다

# 한강 2

물을 길어 먹던 겸허한 세월은 가고
물을 끌어다가 먹는 시절이 와
저 강물에 빠지면 익사하기 전에
오염되어 죽을지도 모를 세월이지만


수도 파이프는 사람들의 입이다
강심까지 길게 잡아늘인
변기의 하수구는 사람들의 내장이다
강물이 깊게 잡아당겨
강심에 입을 묻고
강심에 내장을 담갔으니
사람은 강이다
순환의 물살에 살 섞으며 흐르는
우리는 그래도 한 물결이다

# 해외로 팔려가는 이 나라의 검은 돌들에게

공고: 오석 자갈 정부미 한 부대에 3만원, 수출용임.
외화 획득에 적극 참여합시다

갑자기 달려온 추위가 네 편임을
이별가를 부르는 소금기 바람은
안다 알면서도 저 달그락거리는
손가락으로 며칠째 검은 돌을 찾는
저 차가운 눈동자들은
돌들이 말이 없길래 말이지
돌들보다 더 차가워진 가슴으로
돌들보다 더 무거워진 삶을 위해
해안가 아낙네 백여 명이 주워 모으는 저
돌들은 부대에 몸을 웅크리고
석기시대 조상들의 손때 묻은 사랑
겨울, 등을 따뜻하게 데워주던
아, 너는 그리워
어찌 타국 땅의 유흥지에서
술 냄새에 코를 절이며
그래 너희를 팔아먹는 우리의 가난은 잊어도
잊지 말거라 이 나라 해안가 파도 소리를

어찌 잊겠느냐고
너희들이 자발적으로 떠나는 것 같아
더욱 철썩이는 파도소리
힘 빠진 미역의 어깨뼈와 삿갓조개의 단식
적고 있다, 눈물만 솟아 남을, 12월 초순은

제 4 부

꽃

# 게를 먹다

잘 해보자고
잘 할 수 있다고
앞뒤로의 생활이 딸리면
좌우 옆으로라도 빨리 움직여야
먹고 살 수 있음을 가훈으로 한,
축구 골키퍼 같은, 게를 먹는 새벽

뼛속에 살을 숨기고 살아가는 게를
뼈에 살을 붙이고 살아가는 내가
파먹는다
뼛속에 살을 숨기고 살아가는 족속들은
왠지 슬프다는 생각에 젖어
그 슬픈 족속을 안주로
뼈에 쌀 한 가마니 무게의 살을 단
생활이 소주에 젖는다

살만 있는 공기여 물이여
뼈만 남아 있는 역사여
뼈가 없어 홀로 일어설 수 없으면 수목의 등줄기라도

*80*

잡고 일어서는 칡넝쿨이여
살의 분노 태풍이여
마음의 뼈를 발라낸 광란이여
허무에 독이 오른 물렁가재여
성기 끝을 벗어나는 뼈도 살도 아닌 정액의 두근거림이여

가위에 잘린 가벼운 게 다리들

빨며, 소주를 마신다

슬프게 살아 간이 저절로 배어 있는

# 여름, 그 무덥던 어느 날

하루 여섯 마리 개를 잡으면서
어머니인 대지의 여신 가슴에
상처를 낼 수 없어 사냥만 하며
산다는 인디언을 생각하면서
비굴하게 생활을 변명하면서
개는 여름에 겨울옷을 입고 헉헉대면서
겨울을 산다고 생각하면서
지금 이 생활이 개의 여름살이가 될 수 있을까
의심하면서

하루 여섯 마리 개를 잡으면서
잔인하다는 생각을 하면서
잔인함을 주지 않는 식물을 죽이는 것보다
잔인함을 주는 이 작업은 얼마나
잔인하지 않은 일인가라는 역설을 떠올리면서
산골로 들어와 개기르기와 잡아주기가
생업이 된 가계를 생각하면서
순간적으로 칼끝을 돌려 거머잡을 수도 있다는
충동을 느끼면서

하루 여섯 마리 개를 잡으면서
여섯번 개를 목매달면서
주인님 장난이 지나치군요
이제 놓아주시죠라고 말하듯
꼬리를 흔들며 죽어가는 개를 들여다보면서
다 죽었나 톡톡 눈동자를 찔러보면서
여섯번 지푸라기 불에 개를 그슬리면서
거의 같은 포즈로 죽은 개를 뒤적이면서
여섯번 배때기를 가르면서
내장을 내리훑으면서

하루 여섯 마리 개를 잡으면서
인생의 비린 맛 신맛을 알아야
참 사람살이를 알 수 있다는 말놀이를 떠올리면서
이 정도 비린내 나는 삶이라면
한번 살아볼 만하지 않는가 호언하면서
한 달에 개 두 마리씩 먹지 않고는
화물기차에서 시멘트 하역작업을 할 수 없다는

노무자들의 말을 들으면서
개 쓸개 여섯개를 지푸라기끈으로
포도나무 섶에 종자주머니처럼 매달면서

하루 여섯 마리 개를 죽이면서
하루 여섯번 나를 죽이면서

# 구  혼

불알이 멈춰 있어도 시간이 가는 괘종시계처럼
하체엔 봄이 오지 않고 지난한 세월로 출근하는 얼굴

장미꽃이 그 사내를 비웃었다
너는 만개하지 못할 거야

그후, 시든 장미꽃이 다시 그 사내를 비웃었다
그래도 나는 만개했었어

# 무서운 은유

이불 뗏목 타고 떠나는 꿈의 세계

파란만장 파란만장

인연 있는 사람 낯선 사람 죽은 사람

관계의 사슬 물처럼 흐르다가

아침 햇귀에 눈뜨면

언제나 혼자일세

어두운 죽음이

나를 그렇게 데리러 올 걸세

# 쥐가 갉아먹은 비누로 머리를 감으며

쥐가 갉아먹은 비누로 머리를 감는 아침
쥐의 도회적 食性이 실업자인 나를 갉아댄다.
그래 머리나 감아라. 밝음을 지향하는 너의 삶
가식으로 더럽혀진 네 머리통 바깥이나 씻어라.
나의 길은 어둠 속. 가끔 생활고 해결을 위해
빛의 공간으로 외도도 하지만, 어둠이 나의 길
나의 正道.
솔직히 나는, 내장이 나의 살아가는 길이야.
내장의 평화가 나의 희망이고
그 어두운 內臟길을 나는 맑게 닦고 싶었던 게지,
향기로운 비누로. 너의 곤궁한 정신이 없는,
내장을 위해 쫓기고 위협을 무릅쓰지 않아
비장미 나지 않는, 작금의 네 詩 나부랭이로는
어림없지.
더 진지하게, 生을 비누에게 물어보라고.
쥐가 이빨도 아닌 이빨 자국으로 까칠까칠
머리를 감겨주는 아침
쥐 禪師가 비누經으로 나를 깨우치는 아침

# 어떤 부엌

방안에 부엌이 있다니

조개껍질 열 듯
전기밥솥 뚜껑을 열고
밥을 짓는다

동거자 金은 남가좌동으로 책 만들러 가고
남가좌동에 사는 詩人 함성호가
먹이 물러 양재동까지 지하 땅굴을 날으는 시각

김이 나고
쌀 익는 냄새가 방안 가득하다
방안에 있는 냉장고의 내장을 꺼내 놓고
간장에 날김밥을 먹는 아침

서른넷
다니던 직장을 때려치우고
친구 방에 머물러 있는 지방간

그래도 방안에 있지만 부엌이 있고
그 부엌은 밤새도록 노란 불 켜고
보온이라고 따뜻한 말 잊지 않으니

저 작고 소꿉장난 같은 부엌이
나의 어머니다
따뜻한 눈물이다

# 달의 눈물

금호동 산동네의 밤이 깊다
고단한 하루를 마친 사람들이
노루들의 잠자리나 되었을 법한
산속으로 머리를 눕히러 찾아드는 곳
힘들여 올라왔던 길
누군가를 위해 자신의 몸 더럽히고
흘러내리는 하수도 물소리

숨찬 산중턱에 살고 있는 나보다
더 위에 살고 있는 사람들 많아
아직 잠 못 이룬 사람들 많아
하수도 물소리
골목길 따라 흘러내린다

전봇대 굵기만한 도랑을 덮은
쇠철망 틈새로 들려오는
하수도 물소리
누가 때늦은 목욕을 했는지
제법 소리가 커지기도 하며

산동네의 삶처럼 경사가 져
썩은내 풍길 새도 없이 흘러내리는
하수도 물소리

또 비린내가 좀 나면 어떠랴
그게 사람 살아가는 증표일진대
이곳 삶의 동맥처럼
새벽까지 끊기지 않고
흐르는
하수도 물소리
물소리 듣는 것은 즐겁다

쇠철망 앞에 쭈그려 앉아 담배를 물면
달의 눈물
하수도 물소리에 가슴이 젖는다

# 금호동의 봄

똥차가 오니 골목에
생기가 확, 돕니다
비닐 봉지에 담겨
골목길 올라왔던 갖가지 먹을 것들의 냄새가
시공을 초월 한통속이 되어 하산길 오르니

마냥 무료하던 길에
냄새의 끝, 구린내 가득하여

대파 단을 든 아줌마가 코를 움켜쥐고 뜁니다
숨 참은 아이가 숨차게 달려 내려갑니다
부르르 몸 떨며 식사중인 똥차의 긴 호스 입 터질까
조심, 목욕하고 올라오던 처녀가 전봇대와 몸 부딪쳐
비눗갑 줍느라 허둥대는
살내음

라일락꽃에 걸쳐 있던 코들도 우르르 쏟아지고 말아

# 毒은 아름답다

은행나무 열매에서 구린내가 난다
주의해주세요 구린내가 향기롭다

밤톨이 여물면서 밤송이가 따가워진다
날카롭게 찌르는 가시가 너그럽다

복어알을 먹으면 죽는다
복어의 독이 복어의 사랑이다

자식을 낳고 술을 끊은 친구가 있다
친구의 독한 마음이 아름답다

# 긍정적인 밥

詩 한 편에 삼만 원이면
너무 박하다 싶다가도
쌀이 두 말인데 생각하면
금방 마음이 따뜻한 밥이 되네

시집 한 권에 삼천 원이면
든 공에 비해 헐하다 싶다가도
국밥이 한 그릇인데
내 시집이 국밥 한 그릇만큼
사람들 가슴을 따뜻하게 덥혀줄 수 있을까
생각하면 아직 멀기만 하네

시집이 한 권 팔리면
내게 삼백 원이 돌아온다
박리다 싶다가도
굵은 소금이 한 됫박인데 생각하면
푸른 바다처럼 상할 마음 하나 없네

# 詩

아무리 하찮게 산

사람의 生과 견주어보아도

詩는 삶의 蛇足에 불과하네

허나,

뱀의 발로 사람의 마음을 그리니

詩는 사족인 만큼 아름답네

# 詩人 1

새조롱 속에 새 울음소리 고여 있지 않다네
울음소리 조롱을 흘러 넘쳐

햇살에
젖은 길 나고

새는 날개의 길을
울음소리로 가 본다네

그렇게 한 生을 이울이면
눈동자가 염전이 될 수 있을까

태양을 흘러 넘친 햇살이여
라일락꽃 향기가 되어 흩날리는

# 탑골공원에서

나무가 되어 한껏 바람의 노래를 부르기도 했네
가축의 피가 되어 욕망을 으르렁거리기도 했네
정액이 되어 번식의 황홀경에 도취되기도 했네
눈물이 되어 타령으로 한세상 쓴 살이도 했네
자학의 세월 돌부리에 몸 부딪치며
계곡을 뒤흔들기도 했네
아으, 구름이 되어 한량처럼
한세상 두둥실 떠돌기도 했건만
이제 모든 소리를 탕진하고 늙어
침묵으로 흐르는 강물이 되고 말았네
저기 죽음의 바다가 넘실거리네

# 푸른 山

푸른 山은 말이 없네
머리로 얹었던 붉은 태양
빛 힘줄 길게 늘이며
지구를 칭칭 감아 도는
난봉의 얼굴, 그래도 그리워
찬 달을 거울로 띄워 볼 뿐
습관처럼 없는 머리에
흰구름 두건 무심히 썼다 벗고도
푸른 山은 말이 없네

푸른 山에서 자란 나무들도
한때 입과 눈이었던
바람과 새와, 별과 이슬을
인연의 江에 풀어놓고
푸른 山으로 말이 없네

그 푸른 山에 목 잘린 부처가 사네
"머리통이 떨어져 나간 돌부처는 머리 위로
무한 천공을 펼쳐 이네"*

모자를 눌러 쓴 촌로의 얼굴을 이기도 하고
소풍 나온 학동의 몸이 되어주기도 하네
소나무가 되었다가 바람의 길이 되었다가
목 잘린 부처는 부처가 되길 원하는
세상 만물을 부처로 만들어주네
제 목을 댕강 날려
만상을 我로 하고
모든 我를 他로도 하는
서늘한 설법
푸른
山

* 김훈씨의 『풍경과 상처』 31쪽을 읽다가 전에 해놓은 시작 메
모와 같은 이미지가 나와 깜짝 놀랐다. 그의 글이 너무 좋아
시를 쓰지 말까 하다가 사족처럼 시를 쓰다.

# 詩人 2

암자에서 종이 운다

종소리가 멀리 울려 퍼지는 것은
종이 속으로 울기 때문이라네
외부의 충격에 겉으로 맞서는 소리라면
그것은 종소리가 아닌 쇳소리일 뿐

종은 문득 가슴으로 깨어나
내부로 향하는 소리로 가슴 소리를 내고
그 소리로 다시 가슴을 쳐 울음을 낸다네

그렇게 종이 울면
큰 산도
따라 울어
큰 산도
종이 되어주어

종소리는 멀리 퍼져 나아간다네

# 세월 2

땅을 파 보니
똥이 아닌
똥 닦은 휴지가
하수도 파이프를 막고 있었네

사람 몸을 통과한 똥이
무엇인가를 통과한 무엇이
중심이
길을 막겠는가
물고기가 물길을 막던가

낙화
허공을 통과하는 꽃잎
설봐
마음 다치지 말게

질긴 꽃잎은 없다네

# 희 망

옷걸이에 멱살이나 허리춤 잡힌 옷들
그 중에 나는 잠옷
그를 닮은 창녀 같은 몸뚱어리
그와 나는 동침만 한다
그는 나를 버리고 도망쳤다가
나 없이 못 살겠지 하며 또 나타나고
나는 될 수 있는 한 자존심 죽이고
부드럽게 그의 몸을 감싸고
혁대도 없이 줏대도 없는 고무줄로
그의 허리에 맞춰
그와의 잠에 빠져드는 나는
허접스런 꿈, 그를 담는 푸대
그의 잠꼬대가 삐죽삐죽 삐져나오는
나는 잠을 입는 옷인가
잠만 자는 옷인가, 나는
몸이 더럽혀져야 햇살을 볼 수 있는
이상한 정조, 나는
인공의 불빛 아래서
이불 속에서

단조로운 생
빨리 닳아 해졌으면
검고 딱, 딱한 나무옷에게
잠을 인계하고
그를 인계할
그날을 기다리며
오늘
도

# 소리의 길

잠결에 더듬거린다
없는 기억의 벽
어둠이 손을 끌고 다닌다

잠자는 동안 꿈은
부지런히 기억을 지운
부드럽거나 거친 지우개

소리 기구가 손에 잡힌다
손을 떼었다가 소리를 누른다
소리가 기억의 길을 연다
소리도 기억의 길을 가지고 있었구나

어둠 속에서 손을 쓰윽 뽑아 소리 장갑을 낀다
소리를 중심으로 사물의 위치가 펼쳐진다
소리가 손을 이끌고 벽으로 간다
딸칵
빛이 들어오며 소리의 길을 흐트러놓는다
소리의 길에서 장님이 된 손에서
푸드덕, 박쥐 몇 마리 날아간다

# 오래된 잠버릇

파리는 내가 덮고 자는 공간을 깔고 잔다
날개 휘젓던 공간밖에 믿을 게 없어
날개의 길밖에 믿을 게 없어
천장에 매달려 잠자는 파리는 슬프다
추락하다 잠이 깨면 곧 비행할 포즈
헬리콥터처럼 활주로 없이 이착륙하는 파리
구더기를 본 사람은 알리라
왜 파리가 높은 곳에서 잠드는가를

저 사내는 내가 덮고 자는 공간을 깔고 잔다
지구의 밑부분에 집이 매달리는 시간
나는 바닥에 엎드려 자는데
저 사내는 천장에 등을 붙이고 잔다
발 붙이고 사는 땅밖에 믿을 게 없다는 듯
중력밖에 믿을 게 없다는 듯
천장에 등을 붙이고 잠드는 저 사내는 슬프다
어떤 날은 저 사내가 잠을 이루지 못하고
밤늦게 거꾸로 쭈그려 앉아 전화를 걸기도 한다
저 사내처럼 외로운 사람이 어디 또 있나보다

# 버드나무

버드나무는 붉은 태양과 푸른 하늘 향해
한 生을, 가지를 뻗어 올리지 않는다
더 높은 곳에 희망을 두고
살아간다는 허망함에
反가지를 치렁치렁 당당히 내린다
버드나무는 향일성 세계의 이단아다

버드나무는 자신을 단단하게 만들어
세파를 이기려 하지 않는다
근육에 힘빼고 목소리 낮춘 부드러운 힘으로
버드나무는 자신을 사랑한다
사색의 가지 늘어뜨려 자신의 몸을 더듬기도 한다
나는 정말 존재하는가

그러나 버드나무는
가시로 온몸을 무장하는 가시나무처럼
광신적으로 자신을 사랑하지는 않는다
어차피 흙으로 다시 돌아갈 육신
흙에서 멀리 도망쳐보았자 무엇하나

정말 나는 흙이 아닌 나로 존재하는가
버드나무는 삶의 회의주의자다

버드나무는 무엇이 그립는지
지난 세월 살았던 기억 속으로
가지를 차르르 늘어뜨려
살아온 공간을 반추하며
흙이었던 시절, 육신의 고향을 향해
이른봄 버들개지를 피운다
버드나무는 지독한 향수병자다

# 대 나 무

나는 테러리스트올시다
광합성 작용을 위해
잎새를 넓적하게 포진하는 치밀함도
바위 절벽에 뿌리내리는 소나무의 비장함도
피침형 잎새로 베어 날리는
나는 테러리스트

마디마디 사이에 공기를 볼모로 잡아놓고
그 공기를 구출하러 오는 공기를
잡아먹으며 하늘을 점거해 나아가는
나는 테러리스트

나의 건축술을 비웃지 말게
나는 나로서만 나를 짓지 않는다네
자유롭고 싶은 공기의 욕망과
나를 죽여버리고 싶은 공기의 살의와
포로로 잡힌 공기의 치욕으로
빚어진 아,
공기, 그 만져지지 않는

허무가 나의 중심 뼈대
나는 결코 나로서만 나를 짓지 않는다네
그래야 비곗살을 버릴 수 있는 법

나는 테러리스트
내 나이를 묻지 말게
뒤돌아 나이테를 헤아리는 그런 감상은
바람처럼 서걱서걱 베어먹은 지 오래
행여 내 죽어 창과 활이 되지 못하고
변절처럼 노래하는 악기가 되어도
한 가슴 후벼파고 마는 피리가 될지니
그래, 이 독한 마음으로
한평생 머리 굽히지 않고 살다가
황갈색 꽃을 머리에 이고
한 족속 일제히 자폭하고야 말
나는 테러리스트

# 꽃

모든 경계에는 꽃이 핀다

달빛과 그림자의 경계로 서서
담장을 보았다
집 안과 밖의 경계인 담장에
화분이 있고
꽃의 전생과 내생 사이에 국화가 피었다

저 꽃은 왜 흙의 공중섬에 피어 있을까

해안가 철책에 초병의 귀로 매달린 돌처럼
도둑의 침입을 경보하기 위한 장치인가
내 것과 내 것 아님의 경계를 나눈 자가
행인들에게 시위하는 완곡한 깃발인가
집의 안과 밖이 꽃의 향기를 흠향하려
건배하는 순간인가

눈물이 메말라
달빛과 그림자의 경계로 서지 못하는 날

꽃철책이 시들고
나와 세계의 모든 경계가 무너지리라

# 달빛과 그림자의 경계에 서서

차　창　룡

민복 형,

　먼저 형의 시집을 가장 먼저 읽는 영광을 주신 데 대해 감사드립니다. 맘에 들지 않는 시집을 먼저 읽는 것은 고역이겠지만, 지금까지 쌓아온 형의 시세계의 정수를 보여주는 이번 시집은 제게 상당한 기쁨을 선사했습니다.

　형의 시에는 늘 '가난'의 모습이 깃들어 있고, 가난의 숨결이 숨쉬고 있지요. 저는 이번 시집의 시들이야말로 '가난시'의 가능성을 최대한으로 보여주고 있다고 생각합니다. 사실 형의 자본주의 비판의 시들도 가난에 대한 의식의 발로이지요. 예를 들어 첫 시집의 「라면을 먹는 아침」 「흑백 텔레비전을 보는 저녁」 등은 물론, 두번째 시집의 주류를 차지하고 있는 문명비판 시들도 '가난'에 대한 형의 뼈저린 인식에 의해 씌어진 것이라 봅니다.

　형은 너무나 따뜻한 성품을 지닌 사람입니다. 달리 표현하면 형은 너무 긍정적인 사람입니다. 지독히도 가난했던 어린 시절을 지나, 공업고등학교를 졸업하고, 원자력발전소에서 근무했으나 결국 우울증이라는 병만을 얻었으며, 서울예전 문창과를 졸업하고 시를 쓰기 시작했으나 가난으로부터 벗어나기는 너무나 요원한 길, 그 울퉁불퉁한 구절양장의 길을 걷고 있는 형의 표정은 결코 울퉁불퉁하지 않습니다. 이 세계에 대한 강력한 부정정신에 의해 위대한 창조가 생긴다고 믿는 저로서는 그것이 형에 대한 불만이었습니다. 형이 한때 앓았던 우울증은 어쩌면 형의 따뜻한 마음씨 때문일 것입니다. 착한 성품만으로 살아가기에는 너무나 힘든 사회, 그래서 '착한 반찬'에 '악의 양념'을 치는 것이 '철이 드는 것'이 되는 사회에서 형의 성품으로는 우울증에 걸릴 수밖에 없었던 것입니다. 우울증에 걸릴 정도로 따뜻한 사람이 강력한 부정정신의 창칼을 통렬하게 휘두를 수는 없는 것일지도 모르지요.

형은 자신의 시에서마저 그런 따뜻한 성품을 버리지 않았던 것입니다. 형의 시들을 읽으면, 비판적인 성격이 가장 강한 두번째 시집에서마저 각 시들의 화자들이 너무나 착하다는 것을 느낍니다. 너무 착한 것은 딱합니다. 이선영 선배가 형의 두번째 시집을 읽고 "형이 망가졌다는 생각을 했다"고 한 발언은 그 딱함의 발로일 것입니다. 그러나 생각해보면 딱하다는 감정의 원인은 단순히 착하다는 것에서만 나온 것이 아니라 형 특유의 자조(自嘲)에 의한 것이기도 합니다. 첫 시집의 「우울氏의 一日」 연작이나 「박수소리」 연작은 말할 것도 없고, 두번째 시집의 풍자적인 시들의 기본 정서 역시 자조입니다. '자조'라는 것은 착한 사람들의 편리한 자기위안의 수단입니다. 형은 결코 아버지의 가난이 자식에게 넘어온 것이라고 이야기하지 않습니다. 가난한 부모 탓에 자신도 못살고 있다고 말하지 않습니다. 오히려 자신이 "지지리 못나게 살아"(「가을 하늘」)왔기 때문이라고 자조합니다. 그것이 형이 마치 망가진 것같이 보이게 한 원인일 것입니다.

이번 시집을 읽으니 그렇지 않군요. 형은 망가지지 않았습니다. 형은 오히려 너무나 건강하다고 할까요. 형은 아직도 누군가(여자일지도 모르겠군요)를 깊이 사랑하고 있으며, 어머니의 늙으심을 안타까워하고 있으며, 돌아가신 아버지를 그리워하고 있습니다. 이런 마음씨를 가진 시인을 망가졌다고 말할 수는 없겠지요.

사람 그리워 당신을 품에 안았더니

당신의 심장은 나의 오른쪽 가슴에서 뛰고

끝내 심장을 포갤 수 없는

우리 선천성 그리움이여

하늘과 땅 사이를

날아오르는 새떼여

내리치는 번개여

———「선천성 그리움」 전문

이 시는 연인인지 가족인지 조국인지 그 대상이 분명히 나타나지 않은 사랑을 노래하고 있습니다.

단지 사람이 그리워 당신을 품에 안았을 뿐입니다. 그러나 우리는 끝내 심장을 포갤 수 없군요. 남자와 여자의 심장이 다른 방향에 놓여 있었으면 좋았을걸. 그러나 그렇지 않습니다. 끝내 심장을 포갤 수 없으므로 우리는 선천적으로 그리움을 안고 살 수밖에 없으며, 그 그리움의 힘으로 새떼는 날아오르고 번개는 내리치는 것입니다. 하강하고 상승하는 우리 마음의 구조(그 마음의 구조는 우주의 원리이기도 합니다)를 기막히게 변주해내고 있지 않습니까. 이와 같은 구조는 「七夕」「세월」「환향」 등의 시에서도 비슷하게 나타나 있습니다. 「七夕」에서는 달빛은 하강하고 어머니의 정안수의 물들은 달빛을 타고 상승하지요. 달빛의 사랑(생산력)과 어머니의 사랑(생산력)이 하나가 될 수 있을까요? 그럴 수 없을지도 모릅니다. 심장을 포갤 수 없는 것과 마찬가지로, 그렇게 될 수 있을 거라는 믿음은 단지 '아름다운 믿음(美信)'에 불과할지도 모릅니다. 그러나 그런 믿음에 의해 우리는 살아가는 것이라는 메시지를 담고 있군요.

이렇게 따뜻한 마음씨를 다른 시인들에게서는 별로 찾아보기 힘들었습니다. 「서울역 그 식당」이라는 시에도 형의 성품이 잘 나타나 있습니다. 화자는 그리움을 안고 사랑하는 사람이 일하는 식당으로 사랑하는 사람을 만나기 위해 들어갑니다. 그러나 그냥 일하는 데 열중하는 그대, 그냥 웃으면서 밥만 놓고 돌아가는 그대가 밥짓는 어머니처럼 아름답다 생각하면서 밥만 먹습니다. "마치 밥 먹으러 온 사람처럼" 아무 말 없이 밥만 먹고 나오고 맙니다. 이런 성품에 의해 형은 어쩌면 짝사랑을 운명처럼 받아들이는지도 모릅니다. 아, 다음 시는 읽는 사람을 얼마나 안타깝게 하는지요.

까마귀산에 그녀가 산다
비는 내리고 까마귀산자락에서 서성거렸다
백번 그녀를 만나고 한번도 그녀를 만나지 못하였다
&lt;중략&gt;

당신이 가지고 다니던 가죽가방 그 가죽의 주인
어느 동물과의 인연 같은 인연이라면
내 당신을 잊겠다는 말을 전하려고
전화를 걸어도 받지 않고 독해지는 마음만
까마귀산자락 여인숙으로 들어가
빗소리보다 더 가늘고 슬프게 울었다
모기가 내 눈동자의 피를 빨게 될지라도
내 결코 당신을 잊지 않으리라
— 「흐린 날의 연서」 부분

　정말 지독한 짝사랑의 시입니다. 이 시의 요지는 "내 결코 당
신을 잊지 않으리라"는 것인데요, 그런 시치고 이토록 절절하게
다가오는 시를 별로 보지 못했습니다. 너무나 지독한 그리움과
사랑은 반딧불을 보고 "반딧불은 얼마나 별을 사모하였기에／저
리 별빛에 사무쳐／저리 별빛이 되어／스-윽, 스-윽，／어둠 속
을 나는가"(「짝사랑」)라고 노래합니다. 「산」이라는 시에서는
"삶에 지치면 먼발치로 당신을 바라다보고／그래도 그리우면 당
신 찾아가 품에 안겨보지요／그렇게 살다가 영, 당신을 볼 수
없게 되는 날／당신 품에 안겨 당신이 될 수 있겠지요"라고 노
래합니다. 두 시는 모두 사랑하는 대상에 사랑하는 주체가 동화
되는 모습을 보여주고 있지요. 특히 「산」에서는 그런 사랑의
마지막 모습은 '죽음'이라는 엄연한 자연법칙을 이야기하고 있
습니다. 그러고 보니 그런 시들이 꽤 많군요. 「산속에서 버터
플라이 수영하는 아버지」에서는 나와 아버지와 아버지의 향나
무가, 「가을 꽃 가을 나비」에서는 나비와 꽃이, 「晩餐」에서는
반찬을 갖다 주는 당신의 마음과 그 마음을 먹는 마음이, 「石
月」에서는 바닷가의 검은 돌과 달이, 사랑하는 주체와 대상으

로 어우러지면서 서로 하나 되는 모습을 보여주고 있지요. 특히
「石月」은 바닷가의 돌이 달을 사모하여 달이 되려 하나 "밀물
썰물에／가슴 다 헐어내고" 모래가 되어버리는 슬프고 아름다운
정황을 그리고 있습니다. 이렇게 안타까운 사랑에 비해, 환희
에 찬 사랑을 가장 뛰어나게 변주한 시가 있습니다.

물이 별소리 다하며 흐릅니다
무릎 베고 누워 폭포수에 귀를 연 그대
눈동자에, 사랑에, 빠진, 눈부처, 나는

폭포는 분수, 더는 못 견디게 그리워
푸른 하늘로 솟아올랐던, 물방울,
산에, 내려, 모여, 저리 쏟아지는

내 마음, 언제 당신 마음 이리 많이 뿜어올렸던가
뿜어올렸던 당신 마음, 내 마음 되어
당신에게 쏟아지는 마음의 폭포,

사랑, 다시 쏟아지고 싶어
쏟아지다
되돌아 피어나는 물보라

내 눈동자 속의 당신, 당신 눈동자 속의 나
눈길 폭포에, 아카시아,
가시나무도 부드럽고 환한 그림자를 드리운
　　　　　　　　　　　　　　──「폭포의 사랑」 전문

첫번째 연에서는 그대와 내가 다정하게 앉아서 폭포를 느끼고 있지요. 둘은 서로 사랑에 빠져 있습니다. 나는 사랑에 빠져 있지요. 그 사랑에 쉼표를 찍고 싶었을까요. 쉼표가 많군요. 걷잡을 수 없는 사랑에 너무 숨이 차던가요. 그 사랑 폭포처럼 숨쉴 겨를도 없이 내리쏟아지고 있는가보군요. 그런 모습이 두번째 연에 그대로 나타나 있습니다. 사랑은 폭포입니다. 폭포는 내리쏟아지지요. 그러나 폭포는 쏟아졌다 튀어오르는 분수가 됩니다. 폭포는 분수, 사랑은 분수여서 솟아오릅니다. 솟아올랐다 다시 쏟아집니다.

폭포를 보면 저도 폭포에 쉼표를 찍어주고 싶을 때가 있습니다. 폭포는 너무 쉴새없이 내리쏟아지지요. 절대 쉬지 않습니다. 그것의 원동력이 사랑이었다니 제가 오늘 형에게 한 수 배우는군요. 그러면 폭포의 원동력인 사랑은 어떤 발전소에서 생긴 것일까요? 3연에 그 해답이 있군요. 내 마음은 자신도 모르게 당신 마음을 뿜어올렸군요. 그러니까 폭포는 내 마음이 그냥 당신에게 쏟아지는 것이 아니라, 뿜어올렸던 당신 마음이 내 마음 되어 쏟아지는 것이었군요. 그러기에 폭포에서는 그토록 풍성하게 물보라가 피어나는 것이었군요.

그 폭포가 5연에 도달하니 정말 놀랍습니다. 폭포는 하나가 아니었습니다. 내 눈동자 속에, 당신 눈동자 속에도 폭포가 있습니다. 폭포는 더이상 빠른 속력이 아닙니다. 쉼표가 위력을 발휘하는 것인가요? 폭포의 배경인 가시나무마저 부드럽고 환한 그림자를 드리우고 있습니다.

사랑에 빠지지 않은 사람은 도저히 쓸 수 없는 시라 생각합니다. 형은 언제 우리도 모르게 사랑에 빠졌었던 모양이군요?

형의 시들에는 대체로 동시적 발상에 의한 것이 꽤 있는데 이번 시집에도 마찬가지이군요. 그 중에서 「득도」「염소」「童子

118

僧」「달의 소리」「東雲庵 1, 2」 등은 작년 여름 선운사 근처의 암자에서 생활하는 동안 쓴 것 같은데, 형의 뛰어난 직관력을 잘 살린 작품들이라 생각합니다.

금호동 생활을 비롯한 도시생활의 애환을 그리고 있는 제4부의 시들은 매우 눈물겹습니다. 「구혼」 「무서운 은유」 「탑골공원에서」 등은 단순하고 상투적인 비유로 인해 마음에 들지 않지만, 금호동 생활을 읊은 「쥐가 갉아먹은 비누로 머리를 감으며」 「어떤 부엌」 「달의 눈물」 「금호동의 봄」 「오래된 잠버릇」 등은 형의 힘든 생활을 그대로 보여주는 듯해 짠한 마음이 듭니다. 그 중에서 「오래된 잠버릇」은 '슬픈 재기(才氣)'가 넘쳐흐르는 작품입니다.

파리는 내가 덮고 자는 공간을 깔고 잔다
날개 휘젓던 공간밖에 믿을 게 없어
날개의 길밖에 믿을 게 없어
천장에 매달려 잠자는 파리는 슬프다
추락하다 잠이 깨면 곧 비행할 포즈
헬리콥터처럼 활주로 없이 이착륙하는 파리
구더기를 본 사람은 알리라
왜 파리가 높은 곳에서 잠드는가를

저 사내는 내가 덮고 자는 공간을 깔고 잔다
지구의 밑부분에 집이 매달리는 시간
나는 바닥에 엎드려 자는데
저 사내는 천장에 등을 붙이고 잔다
발 붙이고 사는 땅밖에 믿을 게 없다는 듯
중력밖에 믿을 게 없다는 듯

천장에 등을 붙이고 잠드는 저 사내는 슬프다
어떤 날은 저 사내가 잠을 이루지 못하고
밤늦게 거꾸로 쭈그려 앉아 전화를 걸기도 한다
저 사내처럼 외로운 사람이 어디 또 있나보다

자기 전에 전화를 하는 버릇이 있는 사내가 있습니다. 그 사내와 같이 사는 이는 파리입니다. 사내는 누워서 천장의 파리를 봅니다. 누워 바라보니 파리는 사내가 덮고 자는 천장을 깔고 자고 있군요. 아니 더 적확하게 말하면 천장에 매달려 잠자고 있군요. 그 사실을 보고 시의 화자(사내=나)는 말합니다. "구더기를 본 사람은 알리라 / 왜 파리가 높은 곳에서 잠드는가를"이라고. 구더기는 늘 변소바닥 또는 더러운 바닥을 기어다니며 살아가지요. 정말 이토록 자조적인 시가 있을 수 있습니까. 어느덧 사내는 구더기가 되어 있군요. 사내는 지금 구더기처럼 바닥에 누워 있습니다. 그러므로 그에게 날개가 주어진다면 천장에 매달려 잠들겠지요. 참으로 슬픈 희망적인 절망입니다.

이번에는 파리의 입장에서 사내를 바라보지요. 그렇게 보면 사내는 파리가 덮고 자는 바닥을 깔고 잡니다. 파리는 바닥(천장)에 엎드려 자는데, 사내는 천장(바닥)에 등을 붙이고 잡니다. 그 모습이 슬픕니다. 바닥이나 천장이나 슬프기는 매한가지입니다. 그 슬픔은 윤회의 슬픔입니다. 살아 있음의 슬픔, 날개를 달아도 슬픔을 날려보낼 수 없는 슬픔, 사람이 되어도 벗어날 수 없는, 파리가 되어도 벗어날 수 없는, 장자가 되어도 나비가 되어도 덜 수 없는 슬픔, 천장(천국)에 가도 바닥(지옥)에 가도 벗어날 수 없는 슬픔입니다.

더욱 슬픈 장면이 남아 있습니다. 어떤 날은 저 사내가 잠을 이루지 못하고 전화를 걸기도 합니다. 전화는 혼자서는 걸 수 없지요. 상대가 있어야 하지요. 외로운 시의 화자(파리)가 보기에는 외로운 사람의 상대 또한 외로운 사람이지요. 그러기에 "저 사내처럼 외로운 사람이 어디 또 있나보다"라고 말합니다. 이곳이 차안(此岸)이라면 저곳은 피안(彼岸)이겠지요. 차안에 외로운 사람이 있듯이 피안에도 외로운 사람이 있습니다. 파리는 자신이 속해 있는 축생계뿐만 아니라 인간세상도 슬픔으로 가득 차 있음을 깨닫습니다.

형, 개인적으로 이번 시집이 지난 시집들에 비해 훨씬 좋습니다. 그 이유는 지금까지 살펴본 「폭포의 사랑」「오래된 잠버릇」 등의 시가 있어서이기도 하지만, 「버드나무」「대나무」「꽃」이 있기 때문입니다. 그 중에서 저는 특히 「대나무」를 좋아합니다.

지금까지 따뜻한, 어떻게 보면 약한 마음으로 노래했던 형이 대나무의 성질을 이용하여 이렇게 섬뜩한 선언을 합니다. "마디마디 사이에 공기를 볼모로 잡아놓고/그 공기를 구출하러 오는 공기를/잡아먹으며 하늘을 점거해 나아가는/나는 테러리스트"라고 가히 폭탄적인 발언을 합니다. 그러나 폭탄적이지도 않습니다. 그렇게 볼모로 잡은 공기가, 즉 "그 만져지지 않는/허무가 나의 중심 뼈대"라고 말하기 때문입니다. 아니 폭탄적입니다. 허무를 자신의 중심 뼈대로 삼는 것은 정말 대단한 전략이며, 대단한 힘이며, 대단한 투쟁선언이기 때문입니다. 자 보십시오.

행여 내 죽어 창과 활이 되지 못하고
변절처럼 노래하는 악기가 되어도
한 가슴 후벼파고 마는 피리가 될지니
그래, 이 독한 마음으로

한평생 머리 굽히지 않고 살다가
황갈색 꽃을 머리에 이고
한 족속 일제히 자폭하고야 말
나는 테러리스트

문맥상으로 보면 대나무의 목적은 창과 활이 되는 것이군요.
형의 마음이 이입된 대나무의 성격으로는 상당히 폭력적이어
요. 더욱이 만약 창과 활이 되지 못하면 한 가슴 후벼파고 마는
피리가 되겠다니요. 그 독한 마음으로 한평생 굽히지 않고 살겠
다니요. 한 족속 일제히 자폭하고야 말겠다니요. 멋있고도 무
섭습니다. 이제야 따뜻한 마음만이 아닌 분노로 세상을 보게 된
것인가요?

가난하게 살아온 저로서는 형과 같이 불우한 환경에도 불구하
고 긍정적인 사고방식을 끝까지 유지하는 것이 매우 힘들다는
것을 압니다. 가난한 삶을 살았던 시인들은 결국 자신의 부정정
신을 시 속에 털어놓고 싶은 충동을 느끼지요. 형의 두번째 시
집에는 이와 같은 마음이 폭로되어 있다고 생각합니다. 그런데
도 그것은 거의 자조에 가까웠습니다. 왜 자조를 넘어서지 못하
는지 안타까웠지요. 그러나 이번 시집의 「대나무」라는 시(「毒
은 아름답다」도 비슷한 인식에서 출발한 듯합니다)는 그런 자
조를 거뜬히 넘어선, 아니 그런 자조를 거치지 않고서는 터득할
수 없는, 게다가 따뜻한 마음이 없이는 도저히 도달할 수 없는
경지인 분노의 사랑, 허무의 독한 창조력, 치욕으로 빚어진 힘
이 마치 대나무처럼 솟아오르고 있습니다. 형의 따뜻한 마음씨
가 정말로 힘이 되고 있습니다. 처음 읽었던 형의 시, 「쑥부쟁
이」 「그날 나는 슬픔도 배불렀다」 「어머니」 등 형의 표현대로
슬픔도 배불러지곤 했던 시들의 따뜻한 비관으로부터, 자본주

의에 대한 자조적인 비판을 지나, 지독한 사랑의 길을 거친 자의 고통스런 여정의 결과라고 생각합니다. 그 고통스런 여정의 마지막에 다음과 같은 감동적인 종착역이 자리잡고 있음은 이 시집을 읽는 이에게 정말 축복이 아닐 수 없습니다.

모든 경계에는 꽃이 핀다

달빛과 그림자의 경계로 서서
담장을 보았다
집 안과 밖의 경계인 담장에
화분이 있고
꽃의 전생과 내생 사이에 국화가 피었다

저 꽃은 왜 흙의 공중섬에 피어 있을까

　　　　＜중략＞

눈물이 메말라
달빛과 그림자의 경계로 서지 못하는 날
꽃철책이 시들고
나와 세계의 모든 경계가 무너지리라

　　　　　　　　　　　　　　　──「꽃」 부분

형의 말대로 사람의 삶은 전생과 내생 사이의 경계에 존재하지요. 그것은 현생이 그만큼 짧다는 것을 일컬음입니다. 현생이란 경계에 불과합니다. 집 안과 밖을 가르는 담장처럼, 삶이란 기껏해야 달빛과 그림자의 경계에 불과한 것입니다. 사람이 그렇듯이 꽃도 마찬가지겠지요. 형은 함민복 특유의 직관력으로 꽃이 "흙의 공중섬"에 피어 있다고 말하는군요. 그곳이 담장이군요, 달빛과 그림자의 경계이군요. 그 경계에 꽃이 피어 있군요. 그 꽃은 모든 살아 있는 것들입니다. 살아 있는 것들이란 허무하지요. 살아 있지 않다면 허무할 것도 없지요. 살아 있기 때문에 사라지는 것 아니겠어요? 사라지는 것은 살아지는 것과 동의어인 것이지요.

살아지는 것은 왜 사라지는 것일까요. 그 원인은 눈물이 메말라버리기 때문입니다. 눈물이 메마르면 달빛과 그림자의 경계에 설 수 없습니다. 눈물이 있다는 것은 아직 사라질 때가 아니고 살아질 때이기 때문입니다. 눈물이 메마르면 살아짐을 멈추고 사라짐의 단계로 이동해야 합니다. 살아짐과 사라짐의 경계가 바로 삶입니다.

그러나 형은 아직 사랑의 힘을 굳건히 믿고 있군요. 비관을 긍정으로 바꾸는 피리 같은 악기를, 창칼 같은 무기를 갖고 있군요. 무기와 악기는 세상을 변혁시키는 무섭거나 따뜻한 에네르기입니다. 이번 시집을 읽으며 느끼는 무상한 마음이 끝내 나락으로 빠져들지 않음은 바로 그러한 힘 때문일 것입니다.

저는 이제 형이 그 악기 또는 무기를 자주 사용할 것을 권하고 싶습니다. 물론 「오래된 잠버릇」 같은 시의 매력을 버리기는 아깝지만, 그 시는 고달프고 외로운 생활의 결과가 아니겠습니까. 형이 고달프고 외로운 생활의 굴레로부터 벗어나려면 어쩐지 형의 시도 그 굴레에서 벗어나야 할 것 같은 느낌 때문입니다. 그러나 그럴 순 없겠지요. 형이 그 굴레에 없더라도 누군가는 그곳에서 고독한 한숨을 내쉴 것이기 때문입니다. 아무튼 어렵더라도 외롭지만은 않은 터전을 갖추고 피리 같은 악기로 노래 부르고 창칼 같은 무기로 세상 사람들의 가슴을 과감하게 찌를 수 있었으면 합니다.

형의 새 시집 원고에 대한 독후감은 이상과 같습니다. 좁은 소견으로 말미암아 형의 시에 누가 되지 않았으면 합니다. 시집을 낼 때마다 발전된 시세계를 보여준다는 것은 매우 어려운 일인데, 이번 시집을 통해 함민복 시의 진면모를 감동적으로 내보인 점 축하합니다. 강화도에 가신 지 벌써 며칠 되었군요. 쓸쓸하지 않는, 쓸쓸할 수밖에 없다면 내공의 힘을 쌓는, 그것도 힘들다면 건강이라도 더욱 좋아지는 강화도 생활이 되길 빕니다.

늘 건필하십시오.

# 후    기

 뱀처럼 징그럽고 빠른 세월이 지나갔다. 3년 사이 전농동 시장, 양주군 산골, 금호동 한강변, 신림동 하숙촌을 지나 이제 강화도에 와서 시집을 묶는다. 이곳 강화에서 좀 오래 살았으면 좋겠다. 구르는 돌처럼 떠돌아 이끼도 끼지 못한 가슴에 푸른 이끼 한 소댕 푹신 앉을 때까지 머물렀으면 좋겠다.
 뒤돌아보면, 물길 따라 흐르는 물소리의 길을 귀로 재잘재잘 걸어온 세월이 아득하다. 그렇게 갓길을 살아온 날들의 여독을 여기 묶는다. 칠십 편의 마음 발자국.

 물 속에 사는 열매인 물고기
 마음속에 사는 마음 고기떼

                              1996년 9월 강화도에서
                                함    민    복

창비시선 156

모든 경계에는 꽃이 핀다

초판 1쇄 발행 / 1996년 10월 10일
초판 38쇄 발행 / 2024년 5월 16일

지은이 / 함민복
펴낸이 / 염종선
펴낸곳 / (주)창비
등록 / 1986년 8월 5일 제85호
주소 / 10881 경기도 파주시 회동길 184
전화 / 031-955-3333
팩시밀리 / 영업 031-955-3399  편집 031-955-3400
홈페이지 / www.changbi.com
전자우편 / lit@changbi.com

ⓒ 함민복 1996
ISBN 978-89-364-2156-4  03810